The Last Doll
La última muñeca

By / Por
Diane Gonzales Bertrand

Illustrations by / Ilustraciones por
Anthony Accardo

Spanish translation by / Traducción al
español por Alejandra Balestra

Piñata Books
Arte Público Press
Houston, Texas

Publication of *The Last Doll* is made possible through support from the Lila Wallace—Readers Digest Fund, the Andrew W. Mellon Foundation and the City of Houston through The Cultural Arts Council of Houston, Harris County. We are grateful for their support.

Esta edición de *La última muñeca* ha sido subvencionada por la Fundación Lila Wallace—Readers Digest, la Fundación Andrew W. Mellon y el Fondo Nacional para las Artes y el Concilio de Artes Culturales de Houston, Condado de Harris. Les agradecemos su apoyo.

Piñata Books are full of surprises!

Piñata Books
An Imprint of Arte Público Press
University of Houston
452 Cullen Performance Hall
Houston, Texas 77204-2004

Bertrand, Diane Gonzales.
   The last doll / by Diane Gonzales Bertrand; illustrations by Anthony Accardo; Spanish translation by Alejandra Balestra = La última muñeca / por Diane Gonzales Bertrand; ilustraciones de Anthony Accardo; traducción al español por Alejandra Balestra.
      p.   cm.
   English and Spanish.
   Summary: A beautiful old-fashioned doll, long neglected on a toy store's shelves, becomes the last special doll given to a young girl when she celebrates her fifteenth birthday.
   ISBN 1-55588-529-05 (hardcover) — ISBN 1-55588-529-13 (pbk.)
   [1. Dolls—Fiction. 2. Birthdays—Fiction. 3. Mexican Americans—Fiction. 4. Spanish language materials—Bilingual.]   I. Accardo, Anthony, ill.   II. Balestra, Alejandra.
III. Title: Ultima muñeca.   IV. Title.
PZ7.B46357 Las 2000
[E]—dc21
                                                      99-054783
                                                         CIP

3 4 5 6 7 8 9 0 1 2   0 9 8 7 6 5 4 3 2 1

For my daughter, Suzanne Theresa Bertrand
Para mi hija, Suzanne Theresa Bertrand
—DGB

For Vincent, Franco, and Maria, with love
Para Vincent, Franco, y Maria, con cariño
—AA

Sarita was a pretty doll with silky black hair that curled down her back. She had large brown eyes with long black lashes. Her nose was small. Her lips were painted a rosy red. She wore a white lace dress trimmed with delicate pearls.

But Sarita was different from all the modern dolls. The fashion dolls, the talking dolls, and the dolls that move all came and went quickly at the toy store. Sarita hardly even had the chance to make friends with them. Sarita was as beautiful as any other doll on the shelf, but no one bought her—not for a little girl's party, or to wrap up as a Christmas present. Sometimes she was afraid of being the last doll left all alone on the shelf.

Sarita era una linda muñeca con el pelo sedoso y negro que caía en ondas sobre su espalda. Tenía grandes ojos cafés con largas pestañas negras. Su nariz era pequeña. Sus labios estaban pintados del color rojo de las rosas. Usaba un vestido blanco de encaje adornado con perlas delicadas.

Pero Sarita era diferente a todas las muñecas modernas. Las muñecas a la moda, las muñecas que hablan y las muñecas que se mueven llegaron y se fueron rápidamente de la juguetería. Sarita ni siquiera tuvo la oportunidad de hacerse amiga de ellas. Sarita era tan bonita como cualquier otra muñeca que estaba en el estante de la juguetería, pero nadie la compraba—ni para la fiesta de una niñita, ni para envolverla como regalo de Navidad. A veces tenía miedo de quedarse sola, ser la última muñeca en el estante.

Then one day, a tall man with a black moustache came into the store, pushed aside all the other boxes, and reached for her.

"Ah-ha!" he said as he looked at Sarita. "You are *perfect*. You will be the last doll for my godchild, Teresa, on her birthday."

What does he mean? Sarita thought. *How will I be the last doll—for someone's birthday?* Sarita was a little confused, but she was still excited to be leaving the store.

Un día, un hombre alto con bigote negro separó las cajas y la tomó.

—¡Ajá! —dijo el señor cuando vio a Sarita. —Eres *perfecta*. Vas a ser la última muñeca para mi ahijada Teresa en el día de su cumpleaños.

—*¿Qué quiere decir?* —pensó Sarita. *¿Cómo seré yo la última muñeca para un cumpleaños?* Sarita estaba un poco confundida, pero estaba contenta de irse de la juguetería.

Sarita expected to be wrapped up and stuck away with other birthday presents. Instead, the tall man took Sarita out of her box. He smoothed her curly black hair, carefully straightened her white dress, and sat her down in a chair. Then he put on a black tuxedo and white shirt with a bow tie.

"Do you know what a *quinceañera* is, Sarita?" He smiled at her. "I am taking you to a *quinceañera,* the most important birthday for a young girl. First, I will go to the church, to attend a special ceremony for my Teresa. Then I will take you to her *quinceañera* party."

Sarita esperaba que la envolvieran y la colocaran entre los otros regalos de cumpleaños. En vez de esto, el hombre alto sacó a Sarita de su caja. Le alisó su negro cabello rizado, le arregló cuidadosamente su vestido blanco y la sentó en una silla. Luego, se puso un *smoking* negro y una camisa blanca con una corbata de lazo.

—Sarita, ¿sabes qué es una quinceañera? —Él le sonrió. —Te voy a llevar a una quinceañera, el cumpleaños más importante para una jovencita. Primero, iré a la iglesia a una ceremonia especial para mi Teresa. Luego, te llevaré a su quinceañera.

Sarita waited in a car outside the church for a long time. It was very quiet in the car, and Sarita was a little bit nervous. Finally the man drove her to a big place filled with music and with laughing voices. He held Sarita close to him, snuggled in his arms, as he walked into the ballroom.

She had never seen such a happy place. Pink balloons floated on colorful ribbons. White paper flowers and pink streamers decorated the walls. Everywhere she looked, Sarita saw smiling men and women, smiling boys and girls. Some people sat at round tables, while others moved around to talk to one another. Six *mariachis* walked around the room, playing music and singing songs in Spanish and English. They moved from table to table, inviting everyone to sing with them.

Sarita esperó en el auto fuera de la iglesia por un largo rato. Estaba muy silencioso en el auto, y Sarita estaba algo nerviosa. Finalmente, el hombre la llevó a un lugar amplio, lleno de música y voces risueñas. Él acurrucaba a Sarita entre sus brazos al entrar al salón de baile.

Ella nunca había visto un lugar tan alegre. Globos rosados flotaban atados a listones de colores. Flores de papel blanco y cintas rosadas decoraban las paredes. Hacia donde mirara, Sarita veía hombres y mujeres, muchachos y chicas sonrientes. Algunas personas estaban sentadas en mesas redondas mientras que otras circulaban para conversar. Seis mariachis caminaban por el salón, tocando y cantando en inglés y en español. Iban de mesa en mesa, invitando a todos a cantar con ellos.

Sarita almost blinked in amazement when she saw the towering birthday cake that sat upon a large, round table. It was frosted in white icing with pink roses. A small plastic staircase, with a tiny girl on each step, encircled the cake. On the top, two silver numbers were framed inside a shiny, gold heart.

Sarita casi parpadeó de sorpresa al ver el alto pastel de cumpleaños en una gran mesa redonda. Estaba cubierto con una capa blanca azucarada y rosas. Una pequeña escalera de plástico, con la figurita de una joven en cada escalón, rodeaba el pastel. Encima del pastel había dos números plateados enmarcados por un dorado corazón brillante.

The tall man with the moustache carried Sarita past a white arch that was decorated with sweet-smelling flowers and white ribbons. She wondered why fourteen young girls, all in pale pink dresses, stood behind the arch. Each girl carried a long-stemmed red rose that was decorated with two pink ribbons. Beside the girls stood fourteen boys, each one dressed in a black tuxedo with a white flower in his lapel.

El hombre alto de bigotes llevó a Sarita a través de un arco blanco decorado con flores de aroma dulzón y moños blancos. Ella quería saber por qué catorce jovencitas vestidas de rosa pálido estaban paradas detrás del arco. Cada joven llevaba una rosa roja, decorada con dos cintas rosadas. Al lado de ellas, estaban catorce jóvenes, vestidos con *smoking* negro y una flor blanca en el ojal.

Sarita saw something *magical* happen next. As beautiful music played, one boy and one girl walked, hand in hand, under the arch of flowers towards the large open space in front of the stage. The music continued until all fourteen couples had taken their places in a large semi-circle in the middle of the floor.

Sarita grew even more excited and happy when a beautiful girl, with silky black hair and a lovely smile, appeared and stood right under the arch of flowers. Sarita wondered to herself: *Is that Teresa?*

Sarita vio que pasó algo *mágico* mientras se tocaba una hermosa música, un muchacho y una chica caminaron de la mano bajo el arco de flores hacia un gran espacio abierto enfrente del escenario. La música continuó hasta que las catorce parejas se ubicaron en sus lugares en un gran semicírculo en el centro del salón.

Sarita se emocionó y se alegró aún más cuando una bella jovencita, con el cabello negro sedoso y una adorable sonrisa apareció y se paró exactamente debajo del arco de flores. Sarita se preguntaba: *¿Será Teresa?*

The girl wore a white lace dress decorated with tiny white pearls—just like Sarita's! A small silver crown rested upon her head. She carried a bouquet of colorful flowers as she glided across the floor. Then came her mother, in a flowing dress, and her father, wearing a white jacket. Her parents walked to the last opening among the couples and completed a circle around the girl.

The music stopped. Everyone smiled (even Sarita!) when the girl took her place in the very center of the circle.

La jovencita llevaba un vestido blanco de encaje adornado con perlitas blancas, ¡exactamente como el de Sarita! Una pequeña corona plateada descansaba en su cabeza. Llevaba un ramo de flores de colores mientras se deslizaba suavemente a través del salón. Luego llegaron su mamá, con un vestido ondulante, y su papá, con un saco blanco. Sus padres caminaron hacia el último espacio vacío entre las parejas y completaron el círculo alrededor de la jovencita.

Se detuvo la música. Todos sonrieron (¡hasta Sarita!) cuando la jovencita se paró en el centro del círculo.

"May I present . . . Miss Teresa Beltrán!" said a man on the stage. "Today she is fifteen years old, and we are all here to celebrate Teresa's *quinceañera*. We share her parents' pride as Teresa grows from a girl into a young woman. Happy birthday, Teresa! *¡Feliz cumpleaños!*"

—Quisiera presentarles . . . ¡a la señorita Teresa Beltrán! —dijo un señor en el escenario. —Hoy, ella cumple quince años y todos estamos celebrando a la quinceañera Teresa. Nosotros compartimos el orgullo de sus padres al ver a Teresa madurar de niña a una mujer joven. ¡Feliz cumpleaños, Teresa! *Happy birthday!*

The *mariachis* sang a special song for Teresa. Her father came to the center of the circle to take the first dance with his daughter. Sarita saw a proud smile light up his face. For the next dance, the boys and the girls all danced a waltz around Teresa and her father. Later, a young man walked up to dance with her. Teresa's parents danced together beside them.

Los mariachis cantaron una canción especial para Teresa. Su papá se acercó al centro de la pista para ser el primero en bailar con su hija. Sarita vio una sonrisa orgullosa en su rostro. Con la segunda canción, los jóvenes y las jovencitas bailaron un vals alrededor de Teresa y su padre. Luego, un joven se acercó a bailar con Teresa. Sus padres bailaron cerca de ellos.

When the music ended, the tall man with the black moustache brought Sarita up to the dance floor. Sarita made herself as straight and proud as she could as she was presented to the birthday girl.

"I bought Sarita just for you, Teresa," he told his godchild. "Here is your last doll, *tu última muñeca.* Happy birthday! *¡Feliz cumpleaños!*"

"*Gracias,* Uncle Pablo. I will treasure this doll all my life," Teresa said as she took Sarita from her godfather.

Cuando la música acabó, el hombre alto de bigote negro llevó a Sarita hacia la pista de baile. Sarita se puso tan derecha y orgullosa como pudo cuando fue presentada a la joven que cumplía años.

—Compré a Sarita para ti, Teresa. Aquí está tu última muñeca, *your last doll.* ¡Feliz cumpleaños! —le dijo a su ahijada. —*Happy birthday!*

—*Thank you,* Tío Pablo. Cuidaré a esta muñeca toda mi vida —dijo Teresa mientras recibía a Sarita de su padrino.

Even while dancing with her godfather, Teresa kept Sarita cradled in one arm. Sarita had never felt as important as she did when dancing with Teresa and her godfather. All those lonely times on the store shelf were forgotten in the circle of love that surrounded Teresa and Sarita.

Incluso bailando con su padrino, Teresa acurrucaba a Sarita en un brazo. Sarita nunca se había sentido tan importante como se sentía mientras bailaba con Teresa y su padrino. Todos los días solitarios en los estantes de la juguetería fueron olvidados en medio de ese círculo de amor que rodeaba a Teresa y a Sarita.

After the song ended, Teresa took Sarita and sat her down upon a special table. Teresa placed her pretty bouquet of flowers there, beside her last doll. All night long, Sarita watched over the flowers, and she smiled at everyone who came up to admire her.

For the rest of the wonderful party, Sarita listened to the music and watched Teresa and her family and friends dance. Everyone enjoyed eating the birthday cake and watching Teresa open her presents. Sarita was proud to have been Teresa's very first present, and the special one that Teresa kissed tenderly when her *quinceañera* party was over.

Cuando la canción finalizó, Teresa tomó a Sarita y la sentó en una mesa especial. Teresa colocó su hermoso ramo de flores cerca de su última muñeca. Durante toda la noche, Sarita cuidó las flores y sonrió a todos los que se acercaban a admirarla.

Sarita escuchó la música y miró a Teresa, a su familia y a sus amigos bailar por el resto de la fiesta maravillosa. Todos disfrutaron comiendo el pastel de cumpleaños y miraron a Teresa mientras abría los regalos. Sarita estaba orgullosa de haber sido el primer regalo de Teresa y el único que Teresa besó tiernamente cuando terminó la quinceañera.

Late that night, just before she went to sleep, Teresa gave Sarita a hug. Then she placed Sarita on top of her dresser, right by her jewelry box. "You are my last doll, *la última muñeca*," she told her. "You will always stay with me, even as I grow into a woman. *Te quiero.* I love you."

Sarita felt very lucky. To be the last doll was a wonderful thing!

Tarde por la noche, antes de irse a dormir, Teresa abrazó a Sarita. Luego la colocó sobre su tocador al lado de su joyero. —Tú eres mi última muñeca, *my last doll*. Siempre estarás conmigo aún cuando me convierta en una mujer. Te quiero. *I love you.*

Sarita se sentía afortunada. ¡Ser la última muñeca era maravilloso!

Diane Gonzales Bertrand wrote Sarita's story to share the *quinceañera* custom with her young readers. Her other picture books include *Sip, Slurp, Soup, Soup / Caldo, caldo, caldo* (with artist Alex Pardo DeLange) and *Family, Familia* (with artist Pauline Rodriguez Howard). She has also written several books for young-adult readers, including *Sweet Fifteen*, a novel about a *quinceañera*. Diane Gonzales Bertrand lives with her husband and two children in San Antonio, Texas, where she teaches writing at St. Mary's University.

Diane Gonzales Bertrand escribió el cuento de Sarita para compartir la tradición de la quinceañera con sus lectores. Entre sus otros cuentos para niños figuran, *Sip, Slurp, Soup, Soup / Caldo, caldo, caldo* (con Alex Pardo DeLange) y *Family, Familia* (con Pauline Rodriguez Howard). También ha escrito varios libros para jóvenes como *Sweet Fifteen*, una novela que trata de una quinceañera. Diane Gonzales Bertrand vive en San Antonio, Texas con su esposo y sus dos hijos y dicta cursos de escritura en la Universidad St. Mary's.

Anthony Accardo was born in New York. He spent his childhood in southern Italy and studied art there. He holds a degree in Art and Advertising Design from New York City Technical College and has been a member of the Society of Illustrators since 1987. Anthony has illustrated more than fifty children's books, including the Piñata book *Benito's Bizcochitos / Los bizcochitos de Benito* (with Ana Baca). His paintings have been exhibited in both the United States and Europe. When not traveling, Anthony Accardo lives in Brooklyn.

Anthony Accardo nació en Nueva York. Pasó su niñez en el sur de Italia y allí estudió arte. Obtuvo su Licenciatura en Arte y Diseño Publicitario en el New York Technical College y ha sido miembro de la Society of Illustrators desde 1987. Anthony ha ilustrado más de cincuenta libros infantiles, entre ellos *Benito's Bizcochitos / Los bizcochitos de Benito* (con Ana Baca). Sus pinturas se han exhibido en Estados Unidos y Europa. Cuando no está viajando, Anthony Accardo vive en Brooklyn.